LES VICTOIRES DE MONSEIGNEVR LE DVC D'ANGVYEN

En trois diuers Poëmes.

Auec vne Ode sur la Naissance de Monseigneur le Comte de DVNOIS.

PAR L. LE LABOVREVR.

A PARIS,

Chez ROBERT DENAIN, au Palais, en la Salle
Daufine, à l'Annonciation.
ET
GEOFROY LE CORDIER, sur le Pont-neuf, vis à
vis le cheual de Bronze, du costé des Augustins.

M. DC. XLVII.

AVEC PERMISSION.

A
MONSEIGNEVR
LE PRINCE
DE CONTY.

ONSEIGNEVR,

Ie dedie à Voſtre Alteſſe le Pa-
negyrique des Victoires de Monſeigneur le Prince voſtre Frere, comme i'eſpere vn iour luy dedier celuy de
vos infaillibles Conſeils, & de vos grands Miniſteres
pour le repos de cet Eſtat, & les intereſts de la Religion.
Ma Muſe toute guerriere iuſqu'icy, deuiendra lors
toute pacifique; & de furieuſe qu'elle eſtoit, en chan-
tant de ſi éclatans faits d'armes, elle ſe fera voir tran-

ã

quille & iudicieuse en celebrant les triomphes de voſtre
Eſprit. Elle conceura des penſées dignes de la majeſté de
ſon ſuiet, Quand auec vne profonde reflexion, venant
à conſiderer les heureux ſuccés de vos auguſtes trauaux, elle s'efforcera d'étaller aux yeux des moins clair-
voyans les merueilles de voſtre conduite, & les diuins
reſſors dont vous vous ſerez ſeruy pour venir à bout
de tant de glorieuſes entrepriſes. On pourra voir a-
lors dans les ouurages que ie feray pour voſtre Alteſſe, les plus beaux ſecrets de la Politique, & les plus
rares exemples de la pieté ; comme on peut voir à preſent, en tous ceux que i'ay des-ia faits pour Monſeigneur voſtre Frere, les plus hardis & les plus heroï-
ques exploys de la guerre. Les preuues ſignalées que
vous auez donné publiquement de la force de voſtre
jugement & de voſtre eloquence, en tant de ſublimes
diſputes, nous aſſeurent que vous ne vous rendrez pas
moins admirable dans les Conſeils importans, &
les maniements des plus grandes affaires ; qu'il s'eſt
rendu redoutable en la guerre par le nombre & la
ſplendeur de ſes victoires. Quelle gloire à ceux qui
vous ont mis au iour ! certes il n'appartenoit qu'à ces
demy-Dieux de produire deux Fils ſi égallement ac-
complis ! tout le monde qui vous voit tous deux dés voſtre tendre ieuneſſe exceller ſi diuinement en vos diffe-
rens exercices, ne ſçait comment exprimer ſon étonnement ; & remarquant en vos Alteſſes des qualitez au

deſſus du merite ordinaire des plus grands Princes, vous conſidere comme deux veritables Anges. Monſeigneur le Prince voſtre Frere eſt cet Ange exterminateur, dont l'épee flamboyante deliuroit le Peuple de Dieu de ſes barbares Ennemis : & vous eſtes cet Ange de Paix qui ſe montra aux Paſteurs pendant la nuit, & ne leur annonça que ioye & qu'allegreſſe. L'autre ne faiſoit voir que des plaines couuertes de morts, & ne parloit qu'auec la foudre : & celuy-cy n'expoſoit aux yeux qu'vne douce lumiere, & ne rempliſſoit les oreilles que des harmonieux accors d'vne muſique celeſte. Voila, MONSEIGNEVR, les vrais Perſonnages de vos Alteſſes ; . Monſeigneur voſtre Frere fait le ſien, & vous allez faire le voſtre. Ce n'eſt pas de loin que nous regardons les palmes qui vous ſont promiſes ; nous les voyons qui ſe panchent vers vous dés à preſent, & vos mains ſont toutes preſtes à les cueillir. La carriere vous eſt ouuerte, & desja vous y entrez pour faire voſtre belle courſe. Voſtre Palais ſera tout lumineux du bel éclat des ſciences, & ne retentira que des charmans concers des Muſes. Les pauures delaiſſees ne ſçauoient à qui ſe donner ; elles cherchoient par tout vn Asyle, & voila qu'elles en vont trouuer vn aupres de Voſtre Alteſſe, le plus aſſeuré qu'elles ayent pû iamais rencontrer. Veritablement leur bon-heur va eſtre ſans exemple ! ſi deuant c'eſtoit vn mal-heur à vn honneſte homme d'ai-

mer les belles Lettres, & de ſe voüer tout à elles, ce luy
ſera deſormais vne bonne fortune dont on ne pourra
faire aſſez d'eſtime. Mais ie me laiſſe trop emporter
à ces agreables penſees, ſans m'apperceuoir qu'il eſt
temps que ie finiſſe. MONSEIGNEVR,
commencez par moy vn traittement ſi fauorable: comme ie ſuis vn des premiers qui viens auec vn Liure à
la main vous rendre mes treſ-humbles hommages ; de
grace que ie ſois vn des Premiers auſſi qui éprouue
Voſtre Benignité. Pardonnez donc à ma hardieſſe;
ne rejettez pas ce petit preſent que ie viens vous of-
frir, & le daignant receuoir auec la bonté qui vous eſt
ſi naturelle, agréez encor que i'oſe me dire

MONSEIGNEVR,.

De Voſtre Alteſſe,

Le tres-humble, tres-obeyſſant
& tres-fidelle ſeruiteur,
LE LABOVREVR.

AV LECTEVR.

V N Satyrique Latin , dont on eſtime autant la pureté de la Proſe, que l'on condamne l'impureté de ſes penſées; s'eſt mocqué de quelques-vns de ſon temps, qui ne pouuant reüſſir dans la Plaidoirie , pour n'auoir pas aſſez de capacité ny de doctrine, s'en retiroient pour s'addonner à l'eſtude de la Poëſie, comme ſi l'exercice en eſtoit moins difficile. Les Iudicieux trouueront qu'il auoit raiſon , & qu'en effet celuy-là ne peut pas eſtre digne Poëte , qui eſtoit Orateur indigne. Aujourd'huy l'abus eſt bien plus general; on ne va pas du Barreau ſeulement au Parnaſſe, on y vient de tous les coſtez. Ainſi il arriue que les bonnes Pieces ſont bien ſouuent étouffées ſous le nombre des mauuaiſes, & qu'vne Perſonne de merite venant à ſe produire parmy vne ſi grande foulle de petits Ecriuains, n'eſt point conſiderée, & paſſe auſſi-toſt pour eſtre de leur bande. De là vient que le nom de Poëte, autrefois glorieux, eſt maintenant ſi mépriſable, & qu'vn homme d'honneur & d'eſprit eſt contraint de faire ſon Apologie deuant que d'auoüer qu'il fait quelquefois des Vers. On cache ce beau Talent, comme ſi c'eſtoit vne maladie hon-

ē

rcuïe ; & cependant le Public demeure priué de plu-
fieurs beaux Ouurages qu'on mettroit plus volon-
tiers au iour, & noftre langue d'vn notable enri-
chiffement.

La Poëfie a cela de rigoureux, qu'elle ne vaut
rien à moins que d'eftre excellente ; elle n'admet
point de milieu ; & qui ne fait que des Vers medio-
cres, fait de mauuais Vers. C'eft pourquoy Horace
la compare à la mufique d'vn Feftin, qui n'eft point
bonne, fi elle n'eft tout à fait charmante : & la rai-
fon qu'il en donne, eft qu'on s'en pouuoit bien paf-
fer, & que les Conuiez n'euffent pas laiffé de faire
bonne chere fans elle. Il en eft de mefme de toutes
les chofes qui ne font pas abfolument neceffaires à
la Republique : qui les veut faire eftimer, & qui
veut que l'vfage en deuienne vtile en quelque forte,
doit s'efforcer par fon trauail de les rendre non feu-
lement belles, mais dignes d'admiration.

Peut-eftre qu'aprés ce difcours on m'accufera de
croire que mes Vers font en ce haut degré de per-
fection ; mon cher Lecteur, ne donne point de foy
à cette penfée, & fçache que i'en attends ton iugement. Du genre que font ceux-cy, & témoignant
que ie fuis bon François comme ils le font affez
connoiftre, ie ne deuois point deliberer à les mettre
fous la Preffe. Ou ie ne deuois pas les faire, ou ie
les deuois publier toft ou tard, puis qu'ils font
à la gloire d'vn Prince à qui nous fommes obligez
de donner des marques de noftre reconnoiffance,
chacun felon noftre pouuoir, & moy plus que per-
fonne.

Il y en a beaucoup qui exercent vne grande in-
iuſtice auiourd’huy; ils ne ſçauroient lire ny eſtimer
que ce qui leur a eſté vanté auparauant; ils veulent
eſtre preuenus de la bonne opinion d’vn liure, deuant que de ſe dóner la peine de le voir: & c’eſt pour
cela ſans doute que la pluſpart de ceux qui écri-
uent à preſent, parlent ſi bien de leurs Ouurages
long-temps deuant que de les mettre en lumiere: ils
en font courir par tout vn bruit auantageux, iettent
par cét appaſt dans l’eſprit le moins curieux, l’enuie
& l’impatience de les voir au plutoſt: & le plus ſouuent ſont ſemblables à la foudre, qui aprés auoir
bien grondé dans la nuë, viendra enfin à tomber
ſur le plus chetif arbre d’vne foreſt. Mon cher Lecteur ſois plus raiſonnable; ne te laiſſe point preoc-
cuper ſi tu veux iuger equitablement, voy, obſerue,
examine, & n’eſtime que ce que tu verras toy-meſ-
me d’eſtimable. Peu de perſonnes auroient peû te
priſer ces Vers, car peu de perſonnes les ont veus deuant toy; aprés en auoir eu l’approbation des mieux
Connoiſſans, ie te les donne pour en dire ce qui t’en
ſemble. Sois-moy rigoureux, i’y conſens, pourueu
que tu me ſois ſincere.

Cette façon d’écrire eſt difficile; il eſt aiſé de
loüer, mais tres-malaiſé de loüer bien à propos &
de bonne grace; c’eſt pourquoy on en voit ſi peu
qui entendent bien l’Ode, & qui ſçachent y reuſſir. Ie
n’ay pas eu vn petit auantage au choix que i’ay fait
de mon Heros; i’ay pû en loüant le grand Anguien
m’aquiter mieux de mon entrepriſe & auec moins de

peine, que tous les autres qui ont loüé les grands hommes de leur siecle; la Rhetorique n'est gueres empeschée à trouuer les lieux pour bien faire le Panegyrique de ce Prince; il ne faut que dire simplement ce qu'il a fait, & l'on est asseuré de dire des merueilles.

Ie n'ay pas peu d'obligation à ses Victoires, ie n'entre point dans l'interest de toute la Fráce, ie me considere à part, & n'entends parler que de moy. Ie n'en ay pas receu de petits auantages; leur bruit a éueillé mon esprit, leur éclat en a dissipé les ombres les plus épaisses; & la ioye que i'en ay euë, m'a donné pour les chanter, le peu de genie que i'ay pour les Vers. Ce present à la verité est bien autant nuisible auiourd'huy qu'il est profitable, si l'on regarde la fortune: on ne reuient point de la montagne des Muses, ny plus consideré, ny plus opulent. Nous ne sommes plus au temps des Valois, où l'on y distribuoit les Crosses & les Mîtres. Mais comme ie n'attends rien de la part de ces belles Nymphes, ie ne hazarde rien aussi à les aimer, & n'en sçaurois estre trompé. Quoy qu'elles me fassent vn tres-bon visage, ie ne les visite que rarement; encor la gloire de mon Prince en est elle presque tousiours la cause. Ie gouste de grandes douceurs en leur Compagnie, & n'en puis receuoir de dommage: elles me plaisent, & ne m'enchantent pas. Ie fay de la Poësie mon diuertissement, non ma Profession, & ie ressemble à cét Affranchy d'Auguste, qui faute d'autre occupation se ioüoit auec sa plume, & s'amusoit à faire
des

des Vers. Enfin eſtre Poëte de la ſorte, c'eſt auoir vn moyen pour ne ſe pas ennuyer : & puis qui pourroit s'empeſcher de l'eſtre pour vn ſi grand Prince? Celuy qui n'eſt pas né tel, le doit deuenir pour celebrer ſes loüanges. Mais où me laiſſe-je emporter? quittons ces diſcours & venons à noſtre ſujet.

I'intitule ce petit Recueil, *Les Victoires de Monſeigneur le Duc d'Anguien*, parce qu'il n'y eſt parlé d'aucune belle action, que ce diuin Heros n'ait faite ſous ce nom glorieux, & qu'il n'a herité de celuy de feu Monſeigneur ſon Pere, que long-temps aprés que les derniers Vers ont eſté faits, comme on peut voir en leur lecture. I'ay fait ce meſme nom *d'Anguien* de trois ſyllabes, tant pource qu'il eſt deſia de la meſme meſure dans prés de deux mille autres Vers qui ont paru en leur temps, & que ie pourray bien ioindre encor à ceux-cy quelque iour, s'il s'en fait vne nonuelle edition ; que parce qu'il me ſemble que ce beau nom ſi cher aux François ne doit pas ſortir ſi toſt de leur bouche quand ils le prononcent, & qu'il leur ſied bien de le proferer lentement, en appuyant ſur chaque voyelle. De plus, à ne le faire que de deux ſyllabes, on dit *Anguin*, & cela fait vn mauuais ſon. Bien loin d'abreger vn nom ſi precieux, on deuroit tâcher de l'eſtendre encor s'il eſtoit poſſible : vn grand mot remplit mieux la bouche & l'oreille, il eſt bien plus majeſtueux, & nous en auons dans la Geneſe vn témoignage aſſez authentique ; c'eſt Dieu qui nous l'a donné luy-meſme. Le bon Pere d'Iſaac au commencement

s'appelloit *Abrãm*, & parce qu'vn nom si court n'e-
stoit pas assez graue, Dieu le voulut augmenter de
deux lettres pour le rendre plus venerable, & nom-
ma ce saint Patriarche, *Abraham*. Tu trouueras encor les noms de ville masculins, & ie l'ay voulu ainsi pour m'accommoder à l'ordinaire façon de parler, mesme des plus Corrects, qui ne disent pas Donquerque est prise, mais Donquerque est pris. Ainsi
des autres.

Ce petit volume contient quatre pieces diffe-
rentes, deux Odes de diuerse mesure, & deux Poëmes de diuers genre. I'ay chanté la naissance de
Monseigneur le Comte de Dunois, par des Stances
de quatre vers qui sont les plus courtes, pour con-
former mon Ode à sa petitesse, imitant ce Prophete
qui se raccourcît sur le corps mort d'vn ieune enfant
qu'il voulut ressusciter. Le son n'en est pas si plein
qu'en la premiere Ode, & l'on ne doit pas s'en eston-
ner. De mesme qu'vn instrument de Musique est
plus harmonieux, plus il a de cordes, à cause qu'il
s'y fait dauantage d'accords ; Ainsi vne Stance est
plus melodieuse, plus elle contient de vers, à raison
du plus grand nombre de consonnances qui viennent l'vne aprés l'autre frapper doucement l'oreille.
Toutefois ceux qui se connoissent bien en la Poësie,
n'aiment pas moins la brieueté de ces petites Stances, quand l'expression en est facile & nette, qu'ils
estiment la cadence des autres plus grandes. Toûjours si elles ne sont aussi belles, sont elles plus mal-

aiſées, pour la peine qu'il y a de ſe bien expliquer en
ſi peu de vers.

Quoy que cette Piece ne ſoit pas du ſujet des trois
autres, ie n'ay pas trouué mal à propos de l'y ioindre, me ſeruant de l'occaſion pour luy faire voir le
grand iour ; & c'eſt vn bon augure pour le ieune
Prince dont elle ſolenniſe la naiſſance, de voir qu'il
tienne compagnie de ſi bonne heure à ſon merueilleux Oncle. Quand aux Poëmes, le premier eſt vne
pure fiction, & l'autre eſt meſlé, pour ne pas dire
mixte. C'eſt pour te plaire dauantage, cher Lecteur,
que i'ay varié ainſi tous ces petits Panegyriques,
agrée mon deſſein, & pardonne aux deffauts de
l'ouurage, en faueur de la bonne intention de l'Au-
theur.

F I N.

POVR
MONSEIGNEVR
LE DVC
D'ANGVIEN,
SVR LA DEFAITTE
DE L'ARMEE BAVARROISE
deuant FRIBOVRG.

ODE.

IE ne chante point vn Trophée
Semblable à ceux que remportoit
Iadis sur les riues d'Alphée,
L'Athlete qui mieux combattoit :
Que si ie n'égale Pindare
En l'hymne que ie me prepare
De faire entendre à l'Vniuers,
Toûjours puis-je dire à ma gloire,
Que iamais si belle Victoire
Ne fut le sujet de ses vers.

A

Que la vieille Rome arrogante
Ne vante plus tant deformais
Ses Chefs qu'elle nous represente
Comme seuls Exemples parfais :
Quoy que d'eux elle nous raconte,
Mon Prince en valeur les surmonte
Dans les plus perilleux hazars,
Et fait bien à chacun connestre,
Que si lors le Ciel l'eût fait naistre
Il auroit vaincu les Cezars.

En ces temps Bellone moins fiere,
Aisément alloit honnorant
Ceux qui marchoient sous sa Banniere,
Du haut titre de Conquerant :
Hors ceux d'Italie & de Grece,
Tous les peuples manquans d'adresse,
Propre à la conduitte du coeur,
Ou negligeoient leurs auantages,
Ou bien dés leurs premiers dommages
Receuoient la loy du vainqueur.

Auiourd'huy la Terre aguerrie
N'est plus en proye au Triomphant:
Si l'on attaque auec furie,
Auec furie on se defend:
A voir auec combien d'audace,
Une simple & moyenne Place
Resiste & sçait preuoir à tout,
L'on doit mettre au rang des miracles
Comme au mépris de tant d'obstacles,
On peut bien en venir à bout.

Cependant void-on dans l'histoire
Vn Heros du temps ancien,
Gagner plus souuent la victoire,
Que le fameux Duc d'ANGVIEN?
Aux plus formidables tempestes
Qui viennent menacer nos testes,
Ce ieune Prince est nostre appuy:
Et rien à son bras ne s'oppose,
Qui ne soit la nouuelle cause
D'vn nouueau Triomphe pour luy.

Depuis que sa main occuppée
Aux exercices pleins d'effroy,
A pris 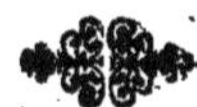 la pique & l'épée
Pour le seruice de son Roy,
Cette grande & viste Courriere,
Dont l'Vniuers est la carriere,
A sur luy toûjours eu ses yeux,
Et volant aux terres lointaines,
N'a sans cesse eu ses bouches pleines
Que de ses exploys glorieux.

Autant qu'il amasse d'années,
Autant par ses actes guerriers,
Fauorisé des Destinées
Il s'acquiert de nouueaux lauriers;
N'agueres il vainquit l'Espagne
Sur les frontieres de Champagne,
Et fit trembler le Luxembourg;
Maintenant par vn coup prospere
Il defait, quand moins on l'espere,
Les Allemans deuant FRIBOVRG.

Certes

Certes de semblables faits d'armes
Sont au deſſus du plus haut prix,
Et le moindre d'eux a des charmes,
Qui ſurprennent tous les eſpris :
L'homme ſage qui les contemple
Y voit que tout eſt ſans exemple,
Hors du commun euenement;
Plus à les comprendre il s'applique,
Et plus ſa docte Politique
S'abîme dans l'étonnement.

Quand le beſoin d'vne victoire
Vient tellement à nous preſſer,
Qu'à faute d'elle noſtre gloire
Semble ſe deuoir effacer:
Ce Dvc, des vertus l'Exemplaire,
Ainſi qu'vn Ange tutelaire
Qui du Ciel deſcendroit exprés,
Sçait rendre tous ces troubles calmes,
Et ſoudain nous couurant de Palmes,
Couure l'Ennemy de Cyprés.

B

Qui n'euſt creu que le fier IBERE
Alloit nous ſoûmettre à ſa Loy,
Quand, ioyeux de nòtre miſere,
Il s'en vint aſſieger ROCROY?
La FRANCE en regrets confinee,
Comme une Veuue abandonnee
Pleuroit ſon Roy mis au tombeau;
Elle ſe diſtilloit en larmes,
Et pour elle, en ce temps les armes
Sembloient un trop peſant fardeau.

Peu des ſiens faiſòient lors pareſtre
La moindre reſolution,
Chacun croyant que ce deuſt eſtre
L'An de la reuiolution:
L'ESPAGNE en ſi fàcheux orage
Montroit d'auoir tout le courage,
Et la force de ſon coſté,
Tout contribuoit à ſa ioye,
Et l'Eſtat ſembloit une proye
Trop facile à ſa cruauté.

Dans vne telle conionĉture,
Mon HEROS , pront à nous venger,
Mettant ſa vie à l'auanture
Sauue la France de danger:
Il vient, il renuerſe ſur l'herbe
Cet Aduerſaire ſi ſuperbe,
Fatal à tous les Potentats ;
Et dans le noir ſang de ſes veines
Dont il va ſubmergeant nos plaines,
Il étouffe ſes attentats.

Ainſi des coups de ſon épee,
Au grand étonnement de tous,
La fleur d'Eſpagne fut coupee,
Et l'eſpoir refleurit chez nous.
Ainſi ce Triomphe admirable
Eſt vne ſource inépuiſable,
D'où ſans peine deriueront
Les plus difficiles conqueſtes,
Que pendant toutes ces tempeſtes
Deſormais nos armes feront.

Profiter de son auantage
En portant plus loin ses trauaux,
Ce n'est pas auoir vn partage
Commun à tous les Generaux:
Bien des Chefs de grande science
Manquent de cette experience
Au dommage de leur Party;
Mon PRINCE est exempt de ce blâme
Et pour preuue, ie ne reclame
Que THYONVILLE assuietty.

Cette forte & celebre ville
Importoit à tous les François,
Estant vn passage facile
Des peuples de Flandre aux Contois:
Il y vient fondre, il l'enuironne,
Contre ses murailles il tonne,
Et d'vne si male vigueur
Il la presse & force à se rendre,
Que lasse enfin de se defendre
Elle reconnoist ce Vainqueur.

Par tout

Par tout triomphe de la sorte
Vn si genereux CONQVERANT,
Il n'est point de digue assez forte
Pour resister à ce Torrent;
Tous les soldats les plus timides
Deuiennent sous luy des Alcides,
Qui ne cherchent que les dangers,
Ou tels que le Dieu de la guerre,
Ils vont brisant comme du verre
Les obstacles des Etrangers.

C'est pour eux chose peu terrible,
Malgré tous les empeschemens,
D'aller d'vne force inuincible
Attaquer des retranchemens;
De courir à testes baissees
Parmy des piques herissees,
Et de mille foudres diuers
Brauant l'inéuitable orage,
S'exposer tous nuds au carnage
Contre des ennemis couuers.

C

Telle est la valeur memorable
Qu'à FRIBOVRG les siens ont fait voir,
Valeur à nulle comparable
Et qu'à peine on peut conceuoir!
Aussi quel Thersite imbecille
N'auroit la fureur d'vn Achille,
Prés de ce PRINCE merueilleux,
Qui toûjours le premier en lice
Fait son plus charmant exercice
Des hazars les plus perilleux?

En cette entreprise derniere
Où nos Ennemis preparez,
Comme Lyons en leur taniere
Dans leur camp s'estoient remparez;
Cent fois n'a t'on pas veu sa vie
Dans le danger d'estre rauie,
Quand d'vn courage plus qu'humain
Estant moins émeu qu'vne Roche,
Luy mesme il commença l'approche
Auec vne pique à la main?

IV

Ie fremis si tost que i'y pense;
O grand Dieu! sans vostre secours,
En ce iour fatal à la France
Cet Astre eust veu borner son cours.
Iamais dans vne large plaine,
Nulle gresle pronte & soudaine,
Ne tomba sur le voyageur
Plus forte, que lors pleins de flames
Tomberent les plombs, & les lames,
Dessus cet Hercule vengeur:

Pour tant d'inhumaines atteintes
Il ne suspend point ses efforts,
Il frappe, & l'on n'entend que plaintes
D'hommes qu'il chasse chez les Morts.
Pareil à ceux qui dans le gouffre
Du mont Etna remply de souffre,
Sans se reposer vn moment,
Forgeoient la foudre épouuentable,
Ce Heros, à tous redoutable,
Leue le bras incessamment.

Enfin ſon Ennemy luy cede,
Tout ſe diſſipe, tout s'enfuit;
Mais leur fuite eſt vn vain remede
Contre ce Mars qui les pourſuit;
Comme vn Lyon de Barbarie,
Il grauit auecques furie
Aux plus hauts rochers apres eux;
Et pour acheuer leur defaitte,
Jl change ces lieux de retraitte
En des precipices affreux.

O Toy qui chargé de victoires
A la fin en fus accablé,
GVEBRIANT qui dans les hiſtoires
Seras de loüanges comblé;
Du haut de ces Palais auguſtes,
Où tu goûtes auec les Iuſtes
De vrais & d'eternels appas;
Voy comme ce DVC magnanime
Va priuant de vie & d'eſtime
Les Miniſtres de ton trépas.

Animé

Animé de la belle enuie
Qui le sollicite si fort,
A ne laisser pas vn en vie
De ceux qui te mirent à mort,
De ses propres mains il foudroye
Tout ce qu'il rencontre à sa voye,
Et par ses faits pleins de terreur,
Lassant mesme le bras des Parques,
Il laisse par tout mille marques
D'vne impitoyable fureur.

Certes au bruit de ces merueilles,
Saisi de doux rauissemens,
Mon cœur conçoit par mes oreilles
Mille genereux sentimens :
Vn si bel exemple m'accuse,
Et bien peu s'en faut que ma Muse
Abhorrant son oisiueté
Ne jette sa Lyre par terre,
Et pour courir à cette Guerre
Ne ceigne l'épee au costé.

D

Mais ô belle & sage Deeße,
Qui fais seule tous mes plaisirs,
Arreste, & dans l'eau de Permeße
Eteins ces courageux desirs ;
Ne songe si tu m'en veus croire
Qu'à publier par tout la gloire
De ce D v c l'appuy de mon Roy ;
Reçoy l'aduis que ie te donne,
Aßez d'autres suiuent Bellonne,
Mais peu font des vers comme toy.

Sçache que depuis que tu contes
Les hauts faits d'armes de F R I B O V R G,
Ce Reparateur de nos hontes
A conquis encor P H I L I S B O V R G ;
Qu'il a sous sa dextre guerriere
Reduit vne Prouince entiere,
Et s'acquerant l'affection
De ces peuples qu'il a fait nôtres,
Obligé M A Y E N C E & les autres
D'implorer sa protection.

O Nymphe deſſous qui je range
Tous mes ſoins & tous mes amours,
Quand auras-tu fait ſa loüange
Si ta matiere accroiſt toûjours?
Confeſſe, toute crainte baſſe,
Le voyant en ſi peu d'eſpace
Enfanter tant d'exployts diuers,
Que quelque obſtacle qui l'arreſte
Il fait plutoſt vne conqueſte
Que tu ne peux faire des vers.

Grand PRINCE qui des plus grands hommes
As obſcurcy le ſouuenir;
Merueille des temps où nous ſommes,
Et de ceux qui ſont à venir;
Apres ce progrez admirable,
Tu trahis ton nom adorable,
Et deuiens à toy déloyal,
Si pouſſant plus outre ta barque
Tu ne remets noſtre Monarque
Deſſus le Trône imperial.

Apres auoir à main armée
Soumis ainſi les Allemans,
Tu deſcendras en l'Idumée
Pour en chaſſer les Othomans;
Déja cette Engeance maudite,
D'vne contenance interdite
Apprend tes combats inouys;
Elle ſe range & ſe ſoucie
Apprehendant la Prophetie
Qui la menace d'vn LOVIS.

Tout le monde qui conſidere,
Et ton courage & ton bon-heur,
Promet à ta juſte colere
Ce fatal & ſublime honneur:
Mais ſoit ta fatigue bornée
Juſques à la prochaine année,
Quand l'Eſté ſera de retour;
Reuiens voir ta natalle Terre,
Et change aux horreurs de la guerre
Les doux paſſe-temps de la Cour.

LE DANVBE

EFFRAYE'

En la iournée de NORLINGVE.

Idyle Heroïque.

COmme ANGVYEN, ce Heros inuincible,
A qui tout cede, & rien n'est impossible,
Deuant Norlingue estoit prest de heurter
Les Bauarois, certain de les domter ;
Le vieux Danube estoit dessous son onde
Qui reposoit dans sa grotte profonde,
N'estimant pas que son Peuple voulût
En vn combat hazarder son salut.
  Ses Nymphes, lors cessant d'estre captiues,
Toutes ensemble estoient dessus ses riues,
Et bannissant la crainte des combas,
Se recreoient en d'innocens esbas.
  L'vne de ionc, de glays, d'herbes pareilles
Faisoit au bord des nasses, des corbeilles ;
Et l'autre alloit dans les prez d'alentour
Cherchant des fleurs pour s'en faire vn atour.
Là celles-cy s'exerçant à la dance
Chantoient des vers & sautoient en cadence ;

E

Et là leurs sœurs d'vn geste audacieux,
Se deffioient à qui courroit le mieux.
*   On eust pû voir leurs longues tresses blondes*
Couurir leur sein de mille belles ondes,
Et se ioüant auecques les Zephirs
S'enfler au vent de leurs tiedes soupirs.
Chacune estoit mignardement chaussee,
Ayant sa robe au genoüil retroussee ;
Et cet habit n'empeschoit pourtant pas,
Qu'on ne pûst voir tous leurs plus beaux appas,
Tant il estoit d'vne gaze subtille,
Et fait des mains d'vn ouurier habille !
Aussi craignant que quelque curieux
Apperceuant tant d'attraits gracieux,
Ne fit dessein sur quelqu'vne d'entr'elles,
Six de leur Corps faisoient les sentinelles ;
Et quand leur temps venoit à s'acheuer,
Vn pareil nombre alloit les releuer.
*   Toute la bande au gré de son caprice*
Passoit le temps à ce doux exercice,
Lors que mon PRINCE auec la foudre en main
Vint attaquer le superbe Germain.
Au bruit tonnant des canons effroyables,
Retentissans sur ces bords agreables,
Chacune fuit, & presque hors de soy,
Sauta dans l'onde & courut à son Roy,

Abandonnant épars sur les riuages
Toutes ses fleurs & ses petits ouurages.
 Le bon Vieillard s'éueilla bien surpris
De voir leurs pleurs, & d'entendre leurs cris.
O qu'il receut vne cruelle atteinte,
Quand il apprit le suiet de leur crainte !
Pour ouyr mieux ce tumulte nouueau,
Il esleua la teste hors de l'eau,
D'où, par le bruit du martial orage,
Se doutant bien que l'Alleman peu sage
S'estoit encor au combat engagé,
Il retourna grandement affligé.
 Puis reioignant sa Trouppe si cherie,
Attendrons-nous, dit-il, plein de furie,
Que le Germain pasle & couuert de coups
Vienne expirer sur ces bors deuant nous?
Non, non, fuyons droit à la mer Pontique
Pour euiter ce spectacle tragique;
Ne pouuant pas d'icy les secourir,
Taschons au moins à n'en point voir mourir.
 Il dit, & fait; il part à l'heure mesme,
Et couppe l'eau d'vne vitesse extreme;
La Trouppe suit, & tout ce Choeur diuin,
Marchant de front s'enfuit au Pont-Euxin.
 Lors pour sçauoir la derniere entreprise
Des Othomans contre ceux de Venise,

Le Dieu des Eaux qui prend leurs interests,
Estoit venu dans cette mer exprés.

　　Quand le Danube auec sa belle suite
Dans cet Azile eust terminé sa fuite,
Il alla voir ce Dieu dans son Palais,
Plein de saphirs & de Rubis balés,
De Diamans, de Perles, d'Amethistes,
Dont la façon estoit des plus artistes.

　　Mon souuerain, l'entendit-on crier,
Ie viens icy pour me refugier ;
Au triste estat ou le François me range,
Ie suis perdu si quelqu'vn ne me venge.
Par tout, grand Dieu, ie ne voy sur mes bords
Qu'affreux monceaux de mourans & de morts,
Et ie n'entends, par le malheur des armes,
Que tristes cris de mes suiets en larmes.
Encor ce iour les François inhumains
Contre mon peuple en sont venus aux mains.
Peut-estre helas ! qu'à cette heure funeste
Ils n'en ont pas laissé le moindre reste !
Et c'est la peur d'en estre le tesmoin,
Qui m'a hasté de venir de si loin.
　Il dit ces mots, & ses Naïades saintes
Auec leurs pleurs seconderent ses plaintes.

Le grand

Le grand Neptune alloit luy repartir,
Lorſque Prothée en faiſant retentir
Tout le Palais de ſa voix prophetique,
Fit tout à coup ce diſcours hiſtorique.

C'eſt en ce iour qu'apres vn ſi long temps
Les Suedois ſont vangez, & contens :
Vn Demy-dieu que la gloire accompagne,
Apres auoir triomphé de l'Eſpagne,
Et rempliſſant tout le monde d'effroy,
Mis aux abois l'Orgueilleuſe à Rocroy :
Apres auoir en forçant Thyonuille,
Vangé l'affront ſouffert à cette ville :
Auoir defait la Bauiere à Fribourg,
Et reconquis le fameux Philiſbourg,
En reduiſant Mayence, Oppenhein, Spire,
Vorms & Landau, qu'il a pris ſur l'Empire;
Choiſi des Dieux eſt encore celuy
Qui vange Horne & Vvimar auiourd'huy.

Il ne reſtoit à ſa haute vaillance,
Pour acheuer la gloire de la France,
Que de venger au gré de ſes ſouhaits
Les Suedois à Norlingue deffaits,
Et d'aterrer l'orgueilleuſe Allemagne
Vne autrefois en la meſme campagne.

Ces triſtes champs maintenant ſont couuers
De Bauarois percez de coups diuers;

F

Et sans la nuit, qui propice à leur fuite
A des François terminé la pourfuite,
Tout feroit mort, ou feroit prifonnier,
Et le combat n'euft finy qu'au dernier;
Mais empruntant le fecours de fon ombre,
Vvert s'eft fauué fuiuy d'vn petit nombre;
Et pour fe mettre encor mieux à couuert,
A repaßé tes eaux à Dunavert,
Ayant laifsé gifant fur la pouffiere
Le fier Mercy General de Bauiere,
  Lors le Danube & fes Filles auffi
Amerement regretterent Mercy:
Et le Deuin pourfuiuant fon hiftoire,
Ainfi, dit-il, decore fa victoire
Le Grand LOVIS, mettant toûjours d'abord
Des Ennemis le premier Chef à mort.
O! que fon bras menace encor de teftes,
Et que ie voy de nouuelles conqueftes,
Sans y conter Norlingue & Dunquefpiel
Qu'il va forcer par le vouloir du Ciel!
  Il eft bien vray qu'vne fieure mortelle
Luy doit liurer vne guerre cruelle,
Mais ne croy pas ô vieillard affligé,
Que ton deftin en puiffe eftre changé.
Il domtera cette fieure importune
Pour accomplir fa Royalle fortune,

Et tout le fruit qu'en aura l'Alleman
Sera reduit au repos d'vn seul an.

Il dit, & puis d'vn long serpent enorme,
Changeant qu'il est, il emprunta la forme;
Et fit trembler par de hauts sifflemens
Tout le Palais iusqu'à ses fondemens.

Quand de ce bruit l'extreme violence
En s'appaisant eust fait place au silence;
Le Dieu des Mers entouré de sa Cour
Fit ce discours au Danube à son tour.

Ton mal est grand, ton sort est deplorable,
Ie te l'auoüe, ô Vieillard venerable,
Et ie te porte vne telle amitié,
Qu'il m'en deplaist, & que i'en ay pitié;
Mais d'autre part, il faut que ie te die
Que tous ces maux vengent ta perfidie;
Car quel orgueil, au terme où tu te vois,
Te fait encor resister aux François,
Puisqu'il est vray que la France est ta Reyne,
Comme elle l'est du Rhosne & de la Seine?

Un double droit t'expose à leurs fureurs,
Ils sont tes Rois & sont tes Empereurs:
Outre qu'ils sont Enfans de Charlemagne,
Qui fut jadis Maistre de l'Allemagne,
Et la laissa parmy ses autres biens,
Comme vn Domaine hereditaire aux siens;

Ils ont tenu ſous leur ſceptre Salique,
Le grand Royaume appellé Germanique,
Et s'eſtendant iuſques aux Bauarois,
Ont ſur tes bords fait reſpecter leurs loix.

Excuſe toy, taſche de me répondre,
Et ſi tu peux, taſche de me confondre;
Ton innocence eſt vn de mes ſouhais;
Mais que répondre à des diſcours ſi vrais?
Donc penſes-tu que de ſemblables crimes
Pour eſtre vieux en ſoient plus legitimes?
O! que ton ſens ſe fouruoye en ce point!
De pareils droicts ne ſe preſcriuent point.
Prend, ſi tu veux, la couleur la plus belle,
On te tiendra toujours pour vn Rebelle;
Et ſuccombant ſous tes forts Ennemis,
On benira le Sort qui l'a permis.

Que ſi tu veux vn conſeil profitable,
Lie auec eux vne paix ferme & ſtable;
Ie te promets qu'ils y conſentiront,
Tout conquerens & tout braues qu'ils ſont:
Mais de penſer les ſurmonter en guerre,
Seroit vouloir reſiſter au Tonnerre,
Et d'autant plus qu'a preſent pour ſoutien
Ils ont le bras du fameux ANGVYEN.

A dire vray leur force eſt ſans ſeconde;
Ils m'ont domté, moy qui ſuis Dieu de l'Onde;

Qnoy

Quoy qu'auec moy i'eusse encor les Enfers,
A la Rochelle ils m'ont chargé de fers !
Et tu voudrois, ô Toy qui n'és qu'vn fleuue,
Venir contr'eux à la derniere épreuue !
Non, resous-toy de t'vnir auec eux,
Ou de perir par leur bras belliqueux.

C'est l'h
resse.

F I N.

G

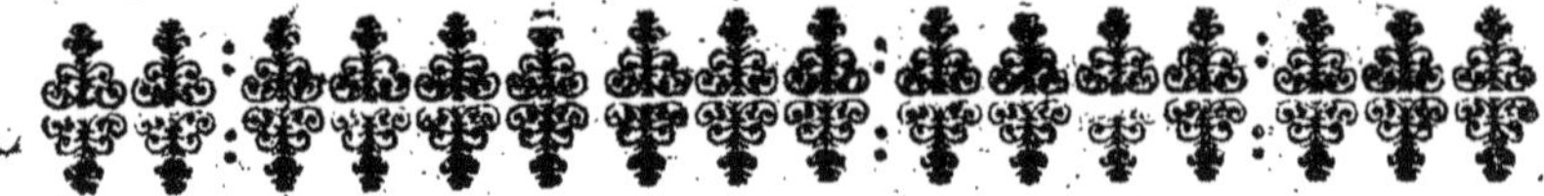

LA DERNIERE

CAMPAGNE DE

MONSEIGNEVR

LE

DVC D'ANGVIEN.

POEME.

PRES de Montmorency, cette
 ville champeſtre,
Toute dolente encor de la mort de ſon
 Maiſtre,
Eſt vn petit valon le plus propre à réuer
Et le plus amoureux qui ſe puiſſe trouuer.
Mille hauts Chaſteigners de leur épais fueillage
Dans le plus chaud du iour y donnent de l'ombrage,
Et tous ſe heriſſans de pointes & de traits,
En dépit du Soleil y font regner le frais.
Sous ces arbres benins rampe vne belle mouſſe
Qui s'enfle ſous le pied, tant elle eſt molle & douce;

Elle ne vieillit point, elle verdit toûiours,
Et semble sur la terre vn tapis de velours.

Quand ie me sens preßé de quelque inquietude,
J'ay recours auſſi-toſt à cette solitude,
Et comme si la Muse habitoit ces desers,
Ie n'en reuiens iamais sans auoir fait des vers.
Souuent en ce beau lieu, mon plus cher secretaire,
Pour taſcher d'éuenter le feu de ma colere,
Ie me suis plaint tout bas des mépris de la Cour,
Et des maux trop cruels que me faisoit l'Amour.
Tous les noms des Beautez, dont i'ay senty la force
Y sont confusément grauez, sur chaque écorce,
Et parmi tous ces noms s'y remarque celuy
De l'Auguste A N G V Y E N nôtre plus ferme appuy:
Car pour ce demi-Dieu, i'ay la meſme tendreſſe
Qu'vn genereux Amant reſſent pour sa Maiſtreſſe;
Ie m'entretiens toûiours de ses faits glorieux,
Et quoy qu'il soit absent ie l'ay deuant mes yeux.

Comme n'aguéres las & presque hors d'haleine,
Pour auoir en chaſſant couru toute vne plaine,
Ie vis ce beau valon, où i'aime à m'amuser,
Ie renuoiay mon chien, & m'y vins reposer.
A peine y fu-ie aſſis, que le Pere des Songes,
Qui se plaiſt d'imposer par de subtils menſonges,
Sans m'en apperceuoir, me vint fermer les yeux,
Et porta mon eſprit de-là dans d'autres lieux.

De meſme

De mesme qu'autresfois nos Poëtes tragiques,
Tels que des Enchanteurs sçauans aux arts magiques,
Transportoient l'Auditeur, en tirant vn rideau,
De Paris à Madrid, de la terre sur l'eau:
Ainsi ie me trouuay sans sortir de ma place,
Porté dans CHANTILLY sur la belle Terrasse,
Où la Bronze au milieu represente à cheual
Du grand MONTMORENCY le Pere sans égal.
O que cette maison d'appas estoit pourueüe !
Dieu ! que l'aspect m'en plust ! tout rioit à la veüe ;
Vn Soleil temperé se joüoit dessus l'eau,
Et de peinceaux de feu doroit tout le Château ;
La terre n'eut iamais vne robe plus verte,
Ny de plus belles fleurs ne fut iamais couuerte ;
Mille oiseaux entonnoient des airs melodieux,
Enfin i'estois charmé par l'oreille & les yeux.

    Le Parcq estoit fermé, mais ie l'ouuris sans peine ;
Et côtoyant l'estang, ie vins à la Fontaine,
Qu'vn Chantre assez fameux entre nos bons Esprits,
Du beau nom de Siluie appelle en ses ecrits.
Là comme en m'appuyant sur le quarré de marbre,
I'écriuois d'vn coûteau sur vne ecorce d'arbre
Des vers dont maintenant il ne me souuient pas,
Ie sentis que quelqu'vn me tiroit par le bras.
Alors me retournant, ô les douces merueilles !
Puisse - je tous les iours en songer de pareilles !

H.

Ie vis derriere moy la mesme Majesté,
La mesme bonne Grace & la mesme Beauté.
    La robe que portoit cette admirable Dame,
Estoit d'vn rouge clair plus vif que n'est la flâme:
Ou par distance egalle, au lieu de passemens,
Brilloient des tissus d'or mélez de Diamans:
Mesme elle auoit vn luth ou de semblables pierres
Figuroient des Lauriers auecque des Lyerres
    A bien considerer tous ses charmes diuers,
Elle ressembloit toutè à Celle que ie sers,
Et que par mes chansons, de l'Ebre iusqu'à l'Inde,
Ie veux faire admirer sous le nom de Lucinde.
De moy i'ay toûiours crù que pour me plaire mieux,
Elle auoit emprunté son visage & ses yeux.
    D'abord m'imaginant que c'estoit elle-mesme ;
Quoy dans ce sombre Parcq ie voy celle que i'ayme,
Luy dy-je auec respect, me iettant à genoux,
O Dieux mes Bien-facteurs que me presentez-vous!
Alors m'interrompant, & prenant la parolle,
    Sors, dit-elle, insensé hors d'vne erreur si folle :
Non, non ie ne suis point celle que tu cheris,
Vne Autre à tes amours, & moy i'ay tes mepris.
Si Lucinde à ton coeur, si tu luy rends hommage,
Tu n'as pas dessus elle vn pareil auantage;
Et pour la faire ainsi s'empresser de te voir,
Ton amour sur son ame a trop peu de pouuoir.

Bien loin de te promettre vne si haute gloire,
Apprend que ton Riual est pres de la victoire,
Et que dé-ja dans Cypre Hymen leger & pront
Est allé preparer des Myrthes pour son front.

   Mais c'est assez, ie passe d'autres remontrances,
Car ie ne venois pas faucher tes esperances;
Et mon dessein n'estoit que d'echauffer ton coeur,
Et d'en chasser bien loin la stupide langueur.
Que si tu ne sçais plus dé-ja qui ie puis estre,
Ecoute, & tu pourras bien tost me reconnestre;
Ie regne auec mes soeurs dans le sacré Valon,
Mon nom est Melpomene, & mon maistre Apollon.

   Mais ie ne sçaurois plus te montrer d'amertume,
De parler aigrement ce n'est pas ma coutume,
Et d'ailleurs i'ay pour toy trop d'amour en mon sein,
Pour garder dauantage vn accent si hautain.
Mon Fils, car ie n'ay pas pour toy moins de tendresse,
Deurois-tu pas rougir de ta froide paresse?
Ton Heros continuë à se faire admirer,
Et tes vers tout à coup cessent de l'honorer!
Cependant qu'aux cŏbas, cependant qu'aux tranchees
Sa prudence & sa main sont toûiours empeschees,
Deuenant insensible à tout noble desir
Tu consommes tes iours dans vn honteux loisir!
Est-ce là, mon cher Fils, l'effet de ta promesse?
Abuse t'on ainsi des presens de Permesse?

T'auons-nous en naiſſant comblé de nos Treſors,
T'auons-nous inſpiré nos plus ſecrets tranſports,
Pour en ſi beau ſuiet t'en voir à nôtre honte
Par ton oiſiueté faire ſi peu de conte?
Ah! r'allume ce feu qui s'en va s'amortir,
Et ne te laiſſe pas ſi fort aneantir;
Ton Prince de ta main veut de nouuelles Palmes,
Sus donc, ſors vitement de ces dangereux calmes;
Jamais pour moiſſonner le laurier toûiours vert,
Vn ſi beau champ pour toy ne fut encor ouuert:
Ie promets de t'aider, & ie veux la premiere
Pour te ſeruir de Guide entrer dans la carriere,
Te conter d'ANGVYEN les nouueaux Faits diuers,
Et te dreſſer vn plan pour faire encor des vers.
Car il ne ſuffit pas que ton noble Genie
Ait vanté ſes exployts faits dans la Germanie,
Et l'ait fait voir à tous auec la foudre en main,
Effrayant le Danube, & captiuant le Rhein;
Il faut que comme luy ne ceſſant d'entreprendre,
Tu chantes de nouueau ſes conqueſtes de Flandre,
Et que le depeignant par tout victorieux,
Tu rendes ſon beau nom redoutable en tous lieux.
        Le ſecours de Rocroy; la priſe difficille
Du trois & quatre fois funeſte Thionuille;
Les dehors de Fribourg pleins de ſang & de morts;
Philiſbourg reconquis malgré tous ſes efforts!
                              Spire, Bade,

Spire, Bàde, Landau, Vvorms, Oppenhein, Mayence,
Auec vingt autres Forts reünis à la France;
Mercy mort, Gléen pris, & tous les Bauarois
Deffaits pres de Norlingue, & reduits aux abois,
Les vns morts sur le champ, & les autres en fuite,
Norlingue assuiettie, & Donquespiel en suite,
Sont des Faits merueilleux, & dont pour dire tout
Nul autre qu'ANGVIEN n'eust pû venir à bout;
Mais quelque vif éclat qui les fasse reluire,
Ils n'égalent point ceux que ie te vais deduire,
Parce qu'ils n'eurent pas l'honneur d'estre éclairez,
Des yeux du grand GASTON, par tout tant desirez.

    ANGVYEN qui l'adore, & dont l'ame sincere
En tous ses mouuemens ne pense qu'à luy plaire,
Rauy que ce Heros sorty de tant de Rois
Ait esté le tesmoin de ses derniers exploys,
Est cent fois plus content, que si de sa vaillance
Tout l'Uniuers entier estoit la recompense.
Aussi n'eust-il iamais pour aucune action
Vn plus ample suiet de satisfaction;
GASTON qui si souuent pendant cette campagne
L'a veu l'épee au poing mettre en fuite l'Espagne,
Et pareil au Tonnerre, égal aux Tourbillons
Renuerser sous ses pieds les plus forts bataillons;
A confessé tout haut que pres de son merite,
Sa reputation luy sembloit trop petite,

Et que ce qu'il voyoit de ce Mars glorieux
Surpaſſoit le recit qu'on en fait en tous lieux.

Vne vraye amitié naiſt toũiours de l'eſtime,
Et GASTON le témoigne à ton Duc magnanime,
Il le cherit, l'honore, & veut qu'on die vn iour
Qu'Oreſte pour Pylade euſt iadis moins d'amour;
Et le braue ANGVYEN veut en reconnoiſſance
Luy rendre tous les ſoins qui ſont en ſa puiſſance,
Et par tous les deuoirs, & par tous les moyens
Luy monſtrer qu'il n'a point de deſirs que les ſiens.

O que cette vnion, ſi belle aux yeux des Sages,
A l'Empire François produira d'auantages!
C'eſt le plus grand malheur que vos fiers Ennemis
Pouuoient craindre en l'eſtat où vous les auez mis.

Mais ie differe trop à te faire l'Hiſtoire
Des triomphes derniers de ton Duc plein de gloire;
Rend toy donc attentif, & les écoute exprés
Afin de les redire incontinent aprés.

Le Lis aſſujetty malgré ſa reſiſtance
Doit eſtre mis au rang des riuieres de France;
COVRTRAY ſeul flechiſſoit encor ſous d'autres lois,
Maintenant qu'il eſt pris, tout ce fleuue eſt François.
En vain pour ſecourir cette Place enfermée,
L'Eſpagne chancelante y mena ſon armée,
Cet effort luy ſembla tellement malaisé,
Qu'elle s'en retourna ſans auoir rien osé.

Que si cette orgueilleuse eust tardé dauantage,
Tous les siens dans leur sang alloient faire naufrage;
Tout cet amas nombreux eust esté moissonné,
GASTON l'auoit conclu, l'ordre en estoit donnè;
ANGVYEN échauffé de son ardeur guerriere
S'en alloit de leur Camp faire leur Cimetiere;
Enfin c'estoit fait d'eux, s'ils eussent retardé
Iusqu'à la fin du temps qui leur fut accordé.
Comme nous voyons clair dans les choses futures,
Ces discours ne sont pas de simples coniectures;
Ouy, ie le dis encor, ie l'ay sceu des Destins,
La fuite toute seule a sauué ces Mutins.

    Courtray n'estoit pas seul le but de la Campagne;
Aussi voila dans peu BERGVE qui l'accompagne;
GASTON part de Courtray, ton ANGVIEN le suit;
Puis apres auoir fait vn vague & long circuit
Pour tenir l'Espagnol incertain de leur route,
Ils s'en viennent à Bergue & l'inuestissent toute.
Cette ville à l'abord se voulut efforcer
De soutenir leur choc & de les repousser;
Et pour dire le vray, du haut de ses murailles
Elle fit dans leur camp diuerses funerailles,
Mais où sont les Guerriers, mais où sont les Vaillans
Qui ne cedent enfin à de tels Assaillans?
En moins d'vn demy mois la ville fut soumise,
Et fit place aussi tost pour vne autre entreprise,

L'homicide MARDIC estoit vn prisonnier
Qui s'estoit de vos mains sauué l'hyuer dernier ;
Ils le viennent bloquer sans plus long temps attendre,
Resolus d'y mourir, ou bien de le reprendre.

    Pardon chers Holandois si i'ose en ce discours
Accuser de lenteur vous & vostre secours ;

Encor que la pluspart d'entre vous se récree
Aux sçauantes chansons de ma Trouppe sacree,
Encor que vous fassiez vn traittement si doux,
A quiconque auiourd'huy se donne tout à nous ;
Ce que temoigne assez nôtre docte Sommaise,
Qui chez vous a trouué son refuge & son aise ;
Ie ne me puis deffendre icy de vous blâmer
D'vn peu trop de paresse à vous mettre sur mer.
Si vous eussiez plutost par vos vaisseaux de guerre
Empeschè l'Ennemy de descendre sur terre,
Ce Fort n'esperant plus de rafraichissement
Eust sans doute flechy dès le commencement,
Et n'eust pas abbatu tant de Testes celebres,
Dont la France à present plaint les chûtes funebres.

    Vous viuriez encor Guerriers tant redoutez,
Themine & la Feuillade en tous lieux regrettez ;
Et vous ieunes Marys si dignes de remarque,
Pitoyable butin de l'inhumaine Parque,
Braue Rocheguyon & magnanime Fles,
Vous n'eussiez pas changè vos palmes en Cyprès.

Vo

Vos Moitiez vous verroient retourner pleins de gloire,
Et quand vous leur feriez vous mesme vôtre histoire,
L'aise de vous reuoir apres tant de dangers,
Les feroit vous donner des thresors de baisers.

   Mais de tous ces mal-heurs à jamais lamentables
Holandois, mes amis, vous n'estes point coupables,
Et l'on auroit grand tort de vous les imputer,
Non, mes chers Holandois, ie me veux retracter;
De manquer aux François pas vn de vous n'a garde,
Et vous pensiez qu'on deust assieger Audenarde,
Si bien qu'estans surpris par leurs nouueaux projets
Vous ne pustes tenir vos vaisseaux plutost préts.

   Donc, mon Fils, tous les iours entroient aux yeux des vôtres
Des hommes dans MARDIC pour rafraischir les
    autres,
Se seruant du Canal qui le ioint à la mer,
Et que les Holandois promettoient de fermer.
Vn renfort si frequent rendoit les Aduersaires,
Contre leur naturel, hardis & temeraires;
ANGVYEN les auoit sans cesse sur les bras,
Et quoy qu'il les defit, ils n'amoindrissoient pas.
C'estoit, à bien parler, vne Hydre renaissante,
Sur qui mesme la mort sembloit estre impuissante;
Autant qu'on en tuoit, autant au premier iour
On en voyoit rentrer pour combattre à leur tour.

K

Ce Siege eſtoit ſanglant, mais ce ſont les obſtacles
Qui donnent aux exploys le titre de miracles ;
ANGVIEN n'aime pas ce qui luy coûte peu,
Et ſe plaiſt à brauer & le fer & le feu.
Quand ie penſe aux dangers qu'à courus ſa perſonne,
Le coeur me bat au ſein, ie tremble, ie friſſonne :
Il ne s'eſt point paſsé de bel euenement,
Ne s'eſt pris demi-lune ou fait de logement,
Ny ſouſtenu l'effort de pas vne ſortie,
Dont ſon bras n'ait fait ſeul la meilleure partie !
O Dieux ! quel autre Chef a iamais tant oſé !
Dieux ! à combien de morts ſe vit-il expoſé,
Quand l'Ennemy boüillant de dépit & de rage,
Vint remplir vos trauaux de ſang & de carnage !

Il le faut auoüer, ſans ce Duc genereux
Vos deſſeins auortoient en ce iour mal-heureux,
Et l'inſolent Mardic à la honte de France,
Obtenoit cette fois ſa pleine deliurance.
Tous vos meilleurs Guerriers furent lors repouſſez,
L'Eſpagne auoit defait vos Poſtes auancez,
Et furieuſe entrant iuſqu'en vôtre trenchee
Faiſoit de vos ſoldats vne horrible ionchee.

Il s'alloit mettre à table, il ſort, il court au bruit ;
Vn Eſſain de Nobleſſe à meſme temps le ſuit ;
Il vient, il voit, il charge, on reſiſte, il ſe meſle ;
Les plombs de tous coſtez y pleuuent comme greſle ;

La poudre & la fumée obscurcissent les airs,
Et l'on diroit à voir tant de bruyans éclairs,
Que le Ciel en fureur est tombé sur la terre,
Et qu'ils se font tous deux vne cruelle guerre.

Enfin l'Espagne cede, elle quitte, elle fuit,
Et iusque dans le Fort ton Prince la poursuit;
Par tout où ce Heros portoit sa main guerriere,
Il y faisoit de morts vne longue carriere;
Les plus fermes Tenans trebuchoient deuant luy,
Et nul n'en échappa que ceux qui l'auoient fuy.

Ce fut en ce combat qu'au grand dueil de la France,
Mourut Rocheguyon de si belle esperance;
Ie le nomme entre tous parce que Liancour,
Et la belle Schomberg dont il receut le iour,
De nostre saincte Trouppe ont gagné les suffrages,
Par l'estime qu'ils font de tous les beaux ouurages.

Mais apprend de ton Duc vn trait bien genereux,
Son cheual s'abattit en ce choc dangereux,
Et dans le mesme temps qu'il fut couché par terre,
Vn Chef la pique en main luy vint faire la guerre.
De mesme qu'vn Lyon dans vn piege enfermé,
Qui de prés voit sur luy fondre vn Chasseur armé,
Desesperé de voir sa force prisonniere,
Bat ses flancs de fureur, herisse sa criniere,
Et regardant cet homme auec des yeux ardens,
Tire contre l'epieu ses ongles & ses dents;

Ainſi ſous ſon cheual ce Prince encor terrible,
Menaçoit l'Eſpagnol d'vn oeil fier au poſſible,
Et ſans luy pouuoir mieux ſignaler ſon courroux
Auecque ſon épee écartoit tous ſes coups:
Enfin il ſe degage, il court ſur ce ſuperbe,
Et d'vn coup il l'eſtend comme vn tronc deſſus l'herbe.
Maintenant ce Guerrier vante aux Ombres là bas,
L'honneur qu'il a receu d'vn ſi noble treſpas. —

    L'Eſpagne ainſi chaſſee auec honte, auec perte,
N'oſa plus ſe montrer, & demeura couuerte ;
Mais en reuanche auſſi des dedans de ſon Fort,
Elle lançoit ſur vous mille inſtruments de mort.
Vn iour comme ANGVYEN viſitoit la trenchee,
O ! que de ce peril ie fus encor touchée !
Vne Grenade en feu tomba deuant ſes pas,
Et venant à creuer auſſi-toſt en éclas,
Le couurit tout entier d'vne ſubtile flâme,
Et fit de ce grand Prince vn corps preſque ſans ame !
Il tomba ſur la terre, immobille & perclus,
Et qui le releua ne le connoiſſoit plus :
Il laiſſa dans le feu ſa belle cheuelure,
Et ſon viſage eſtoit ſi gaſté de brûlure,
L'enflure le rendoit ſi fort prodigieux,
Qu'à peine on luy voyoit & la bouche & les yeux !
On crut qu'il eſtoit mort, & par la Renommée,
La nouuelle à l'entour ſoudain en fut ſemée ;

Puis ne

Puis ne faisant qu'vn pas du camp iusques au Fort
Elle y fust aussi-tost faire ce faux rapport:
L'Espagne bat des mains, & fait des feux de ioye,
Pendant que dans les pleurs tout vôtre camp se noye;
S'il est vray, disoit-on, & si c'est fait de luy,
La pauure France perd dix combas auiourd'huy.
   A la fin il guerit, MARDIC, ouure sa porte,
Et cede derechef à la France plus forte.
GASTON retourne en Cour, & vient reuoir le Roy
Qui par vn ordre exprez le mande aupres de soy:
C'est ainsi que ce Prince est vtile à la France!
Et l'Armée & la Cour demandent sa presence;
De sorte qu'il faudroit que de mesme qu'vn Dieu,
Il pûst en mesme temps estre en different lieu.
   Son Altesse partie, ANGVIEN se prepare
A faire vn siege encor plus celebre & plus rare;
La prise de Mardic ne peut pas l'assouuir,
Il regarde DONQVERQVE, & le veut asseruir.
Mais pour faire agréer cette attaque nouuelle,
Il enuoye à la Cour vn Messager fidelle
Le braue La Moussaye, à qui ce grand Vainqueur
A donné iustement vne place en son cœur.
Cet illustre Guerrier propose l'entreprise,
Le Conseil aussi-tost l'approuue & l'authorise,
Mais la difficulté le fait long-temps douter,
Qu'vn si hardy proiet se puisse executer.

L

ANGVIEN qui n'attend que l'aueu de la Reyne,
Dés l'instant qu'il l'obtient s'auance dans la plaine,
Et pour ne laisser rien qui trouble ses trauaux,
Surprend FVRNE au milieu de ses profonds canaux.
Vn autre auroit esté content de cette prise,
Mais quoy qu'elle soit grande, ANGVIEN la méprise;
Et de mesme qu'vn Aigle ardent & genereux,
Qui fondant à plein vol sur vn Heron peureux,
Enleue vne Perdrix s'il la trouue à sa voye,
Sans perdre le desir de sa premiere proye;
Ainsi ton Duc prend Furne, & passant tout d'vn temps,
Reuient droit à DONQVERQVE auec ses com-
battans.
Voyla cet insolent, l'Arsenal de l'Espagne,
Assiegé sur la fin d'vne longue Campagne!
Pour faire cet effort memorable à iamais,
C'estoit peu d'vne annee à des hommes tout frais,
Et par vne valeur qui tout le monde estonne,
ANGVIEN l'entreprend au milieu de l'Autonne,
Auecque des Soldats épuisez de vigueur,
Qui sont lassez de vaincre, & sechent de langueur!
Il le faut confesser, iamais ville bloquée
N'a si bien soustenu ceux qui l'ont attaquée;
Les Ennemis ont fait iouer tous leurs ressors,
Ils tonnoient au dedans, ils chargeoient au dehors;

Furne pri-
se d'em-
bléc.

Donquer-
que assie-
gé.

Furieux, depitez, mettans tout en vsage,
Tous les iours, à toute heure, ils signaloient leur rage,
Et souffroient tout viuans mille morts en leur sein,
Desesperez de voir qu'ils s'efforçoient en vain.
O! qu'ils ont brauement sceu deffendre leur terre!
On n'a rien veu de tel dans toute cette guerre!
ANGVYEN n'en a pù gagner vn pied sur eux,
A moins que d'vn combat sanglant & dangereux!

    En ce siege fameux, comme dans vne lyce,
Vostre Noblesse pronte à tout braue exercice,
S'enflammant à l'enuy d'vne belle chaleur,
Plus qu'en nul autre exployt a montré sa valeur.
Gassion & Rantzau ces deux grands Capitaines
Dont le nom glorieux vole aux Terres lointaines,
Ont comblé l'Aduersaire en chaque occasion,
De crainte, de merueille & de confusion.
Le sage Montauzier si plein d'experience,
Qui pour mieux temoigner qu'il ayme la science,
A choisi Ramboüillet nôtre diziéme Soeur,
Et par vn saint Hymen s'en est fait possesseur,
N'a point quitté ton Duc pendant tout cet orage,
Et pres de luy cent fois a fait voir son courage.

    Mais quel acte hardy sçauroit on exiger,
D'vn vieil Auantureux, ferme dans le danger,
Qui sans peur voit couler son sang hors de sa playe,
Que n'ait fait Chastillon, Miossans, Lamoussaye,

Arnauld & Palluau, ces loüables Riuaux
Qui tous à qui mieux mieux auançoient vos trauaux,
Et tels que des Lyons acharnez à la proye,
En Donquerque asseruy mettoient toute leur joye?

Helas! vn de ce rang est demeuré pour tous,
Le genereux Laual, mort enfin de ses coups!
Ton Duc qui luy portoit vne amitié si tendre,
Et l'illustre Seguier, dont il estoit le Gendre,
Outre la grande part que ie prens en vos droits,
Me le font regretter auec tous les François.

Donquerque enfin se voit pres d'estre mis en poudre,
Et tout confus ne sçait que faire & que resoudre;
Du costé de la terre ANGVIEN bat ses Tours
Les Holandois sur mer empeschent son secours,
Et le Ciel irrité contre ses brigandages,
Ne répond à ses veux qu'auecques des orages:
Que peut-il donc attendre? il fléchit, il se rend,
Et de deux maux certains euite le plus grand.

Peuples Donquerque est pris, faites des feus de joye;
Vous ne trouuerez plus d'obstacle à vostre voye;
Où vous apprehendiez la prison & la mort,
Peuples vous trouuerez vn fauorable port!
Sans craindre desormais nul accident tragique,
Voguez, riches Marchands, sur la mer Britannique;
Mais ressouuenez-vous en ces doux changemens
De benir ANGVYEN le nom à tous momens.

Mon

Mon cher Le Laboureur, parle & romps ton silence,
Dy moy, vid-on iamais vne telle vaillance ?
Iamais aucun Heros vanté par l'Vniuers,
S'eſt-il fait admirer par tant d'exploys diuers ?
ANGVIEN n'eſt-il pas vn Guerrier indomtable,
Et pour tout dire enfin, vn Prince inimitable ?

L'Ennemy le craint tant, que s'eſtant auancé
Pour ſecourir Donquerque à demy terracé,
Il n'oſa contre luy tenter ſon entrepriſe ;
Meſme voyant la Place au point d'eſtre ſoumiſe,
Il euſt peur à ſon tour d'éprouuer quelque effort,
Et s'alla retrancher au de-là de Nieuport.

Que ſi t'ayant conté ces belles auantures,
Il t'en faut annoncer encore de futures,
Apprend que ce Heros qui ſçait preuoir de loin,
Doit deſcendre à Courtray dans ſon preſſant beſoin,
Et qu'auec peu d'eſcorte, aux yeux des Aduerſaires
Il le rafraiſchira de viures neceſſaires.
Voy comme en meſme temps ce merueilleux Heros
Trauaille à voſtre gloire, & pour voſtre repos !
Certes, ie ne ſçay pas ce que fera la France,
Mais il eſt au deſſus de toute recompenſe ;
Car enfin auiourd'huy, c'eſt par ſes nobles faits
Que voſtre Roy ſe voit l'Arbitre de la Paix.

Cependant tu voulois, Dieu ! qui le pourroit croire !
Luy refuſer encor vn Poëme à ſa gloire !

M

L'effro
des En
mis apr
cette p
ſe.

Rauita
lement
Courtr

Ah ! trauaille, mon Fils, & sans plus de discours
Consomme à le loüer le reste de tes iours.

    Là, pour m'entendre aussi, la Muse fit silence,
Mais ie n'osois parler par trop de reuerence ;
Enfin reconnoissant à ses yeux pleins d'appas,
Que cette liberté ne luy déplairoit pas ;
Ie rendis l'asseurance en mon coeur la plus forte,
Et luy fis ma response à peu prés de la sorte.

    Saincte Fille du Ciel dont les doctes leçons
Me feront auoir place entre vos Nourriçons,
Par vôtre humanité si propice & si tendre,
Ne me condamnez pas sans me vouloir entendre.
Ie ne refuse point de faire encor des vers
Pour loüer d'Angvyen les triomphes diuers ;
A Dieu ne plaise, helas ! que i'eusse dans mon ame
Vn penser si peu juste, & si digne de blâme :
Non, non, mais bien plutost côme vn Cygne en mourant,
On me verra chanter ce diuin Conqverant ;
Ouy, quand ie cesseray de loüer sa vaillance,
La mort, la seule mort causera mon silence.

    Ie reuere Angvyen, i'admire ses explois,
Comme vn bon Seruiteur, & comme vn bon François,
Tous mes Ayeux sont morts en seruant ses Ancestres,
Et n'ont iamais voulu receuoir d'autres Maistres ;
Mon Pere mesme encor marche dessus leurs pas,
Et les veut imiter iusques à son trespas :

Cependant que d'vn soin vigilant & sincere,
Intelligent qu'il est, il seruira le Pere,
Ie veux de mon côté seruir aussi le Fils,
Et loüer en mes vers ses exploys infinis.

    J'auois ouy vanter ses dernieres merueilles;
Et si tost que le bruit en vint à mes oreilles,
Ie formay le dessein, pour les chanter encor,
De reprendre la Lyre, ou d'emboucher le Cor;
Et i'aurois déja fait quelque ouurage à sa gloire,
Si la belle Lucinde empreinte en ma memoire,
Ne m'auoit commandé par des ordres secrets
De ne plus celebrer que ses charmans attraits.

    Maintenant ie m'en vais conceuoir vn Poëme,
Où ce Prince aura lieu de s'admirer luy mesme;
Ie décriray si bien ses faits victorieux,
Que chacun auoüra qu'on ne peut faire mieux:
Mais aussi ie vous prie, ô Nymphe belle & sage,
De luy faire goûter vn si penible ouurage,
Afin qu'à l'auenir ie me puisse vanter
D'auoir fait vn trauail qui l'ait sceu contenter;
Car l'honneur est mon but, & c'est la seule chose,
Où tâchent d'arriuer les vers que ie compose.

    Donc prenant bien le temps, faites qu'au premier iour,
Hors des grands embaras de sa pompeuse Cour,
Tout seul auecque vous ce Vainqueur Heroïque
Veuille en son Cabinet écouter mon Cantique.

En cette occasion prestez-moy vôtre main,
Et ie vous en coniure au nom de Chappelain;
Ce Virgille François si fertille en merueilles,
Trouue d'assez beaux traits aux Enfãs de mes veilles;
Muse si vous daignez m'appuyer desormais,
Il vous en rendra grace, & ie vous le promets.

    I'eusse fait à la Muse vne plus longue instance
Pour gagner sa faueur & sa noble assistance;
Mais vn de mes amis suruint en ce moment,
Qui mit fin aux douceurs d'vn sommeil si charmant,
Et chassa loin de moy cette agreable Idée,
Dont ma raison estoit si bien persuadée.
Leue-toy, me dit-il, & viens voir vistement
Ton Frere, de Pologne arriué fraischement.
Quoy! mon Frere est venu? repons-ie à l'instant mesme,
Les Cieux en soient benits, Dieu! ma ioye est extréme!
Venez-le voir, mes yeux; allons & nous pressons;
Ie cours, i'entre, il m'entend, & nous nous embrassons.
Puis quand mon amitié fut vn peu satisfaitte,
Ie digeray mon songe en vn lieu de retraitte,
Et l'ayant parcouru sans y rien oublier,
I'entrepris de l'écrire, & de le publier.

F I N.

SVR
LA NAISSANCE
DE MONSEIGNEVR
LE COMTE DE
DVNOIS.

ODE.

L est donc né ce petit PRINCE!
O Muse d'vn coeur plein d'amour
Prend ton Luth mignard & le pince,
Pour celebrer vn si beau iour.

Les François l'ont auec instance
Au ciel demandé mille fois,
C'est pourquoy chante sa naissance,
Tu rauiras tous les François.

Entre Muse, entre en la carriere
Sans perdre temps à mediter,
Trop & trop belle est la matiere,
Pour ne t'en pas bien acquiter.

N

Sus chante, parle à l'auanture,
Le suiet le permet ainsi,
Ou l'allegresse est sans mesure,
Le discours le doit estre aussi.

Des-ja mon esprit s'illumine,
La fureur l'est venu saisir,
Et ie la sens qui me domine
Sans me donner aucun loisir.

Dieux! que voy-ie? le Ciel s'entrouure!
Mille éclairs me frappent les yeux,
Et ie me trompe, ou i'y découure
Vn Choeur de Heros glorieux!

I'en voy paroistre plus de mille,
Ie les voy, ce sont ces Guerriers,
Qui sous le nom de LONGVEVILLE
Ont moissonné tant de Lauriers.

Attentiues sont leurs oreilles
Aux beaux vers que ie vais chanter;
Commençons, disons des merueilles,
Affin de les mieux contenter.

Ils auoient peur de voir este inte
Leur race si chere aux François ;
Mais ce iour bannissant leur crainte,
Leur donne vn COMTE DE DVNOIS.

O Nom étincelant de gloire,
Que i'ayme à t'ouyr proferer!
O que tu plais à ma memoire,
Et qu'on te doit bien reuerer!

Nul Francois ne deuroit t'entendre,
Qu'aussi-tost plein d'humilité,
Son coeur ne pensast à te rendre
L'hommage de sa liberté.

Qu'à iamais tout vous soit prospere,
Beau Prince qui l'allez porter,
Beau Prince qui de vostre Pere
Allez les vertus imiter.

Vous estes la parfaite image
De ce Dvc par tout si connu;
O quel déplaisir! quel domage,
Si vous ne fussiez pas venu!

La perte estoit irreparable,
Et dans vn si triste mal-heur,
Rien n'eust iamais esté capable
De consoler nostre douleur.

Car enfin iamais race auguste,
Quelque grand éclat qu'elle ait eu,
Ne s'aquit d'estime plus iuste
Chez tous les hommes de vertu.

Outre que de nos Roys supresmes
Tous ces Heros sont descendus,
C'est qu'autresfois nos Roys eux-mesmes
Par eux ont esté defendus.

Est-il aux terres plus estranges,
Et dans les plus lointains detrois,
Vn Peuple ignorant les loüanges
Du fameux COMTE DE DVNOIS?

Iadis l'Anglois impitoyable,
Chassant nos peuples ébahis,
Ainsi qu'vn torrent effroyable
Rauageoit ces pauures pays.

Tout à sa fureur inciuille
Cedoit sans faire aucun effort,
Et le Roy, lors Roy d'vne ville,
N'auoit plus d'espoir qu'en la mort.

Ce Comte, ce diuin courage,
Fit alors mille grands exploits
Seul il arresta cet orage,
Seul il deffit ce fier Anglois.

Mais ma memoire se rappelle,
Il ne fut pas seul nostre appuy;
Car il auoit vne PVCELLE
Qui combattoit aupres de luy.

Ainsi

Ainſi dés la premiere entrée,
Que fit cette Race icy bas,
Elle affranchit noſtre Contrée
Par ſes admirables combas.

Que ſi par ſa valeur extreſme
Le grand DVNOIS nous a ſauuez,
Ses chers Deſcendans tout de meſme
Par la leur nous ont conſeruez.

Nos Annales & nos Hiſtoires
Celebrent les coups de leur main,
Et l'on y lit peu de victoires,
Dont on ne leur doiue le gain.

Falloit-il donner des batailles,
En receuoir, meſme y mourir;
Falloit-il forcer des murailles,
On les y voyoit tous courir.

Auſſi de nos Sages Monarques
Eſtans parfaittement cheris,
Ils en ont remporté des marques
Que n'eurent iamais Fauoris.

Au defaut de nos premiers Princes
Ils doiuent nous donner des Loix;
Ils doiuent regir nos Prouinces,
Et ſeuls enfin eſtre nos Roys.

Mais par trop ma Muse seiourne
Sur les actions du passé ;
Assez Nymphe, assez, ie retourne
A ce grand Duc que i'ay laissé.

Aussi bien cet Enfant aimable
A qui ie consacre ces vers,
N'en est-il que trop estimable,
Sans tous ces Ancestres diuers.

Car peut-on voir, mesme en la fable,
Vn Heros qui soit plus parfait,
Qui soit vaillant, qui soit affable,
Autant comme il l'est en effet ?

L'effort d'vne foudre qui tombe
Est moins à craindre que le sien ;
Tout ce qu'il attaque, succombe,
Tout ce qu'il defend, ne craint rien.

Et l'Italie, & l'Allemagne
Auec tout leur peuple assemblé,
Ne l'ont veu iamais en campagne
Sans auoir toutes deux tremblé.

Derriere luy nostre Frontiere,
Comme à l'abry d'vn mur épais,
Faisoit la moisson toute entiere,
Et dans la guerre auoit la paix.

Les Ennemis loin d'entreprendre
D'y venir encor piller tout,
Ne songeoient plus qu'à se defendre,
Et n'en pouuoient venir à bout.

❧❧❧

Il brûloit leurs plaines fertiles,
Dissipoit leurs plus beaux thresors;
Il les forçoit dedans leurs villes,
Et les foudroyoit au dehors.

❧❧❧

Le moyen que ma Lyre sonne
Tous les faits d'vn Duc si parfait?
Leur nombre est trop grand, il m'étonne;
Et puis, tout le monde les sçait.

❧❧❧

Car le Rhein, tesmoin de sa gloire
Et de ses triomphes diuers,
A Neptune en a fait l'Histoire,
Et Neptune à tout l'Vniuers.

❧❧❧

Comme pour sa vaillance extresme
Par tout on le craint à present,
De mesme aussi par tout on l'aime
Pour son naturel bien-faisant.

❧❧❧

C'est vn Prince tout Heroïque,
Sans fard, sans fiel & sans venin;
Il est splendide & magnifique,
Il est magnanime & benin.

Tous ſes ſentimens ſont modeſtes,
Ses diſcours pleins de verité;
Et la douceur en tous ſes geſtes
Ne bleſſe point la grauité.

Son abord eſt libre & facile,
A tout le monde il tend la main,
Et la perſonne la plus vile
N'éprouue en luy rien que d'humain.

Ce Prince en toutes auantures
Sans ceſſe inclinant à la Paix,
Oublie à iamais les iniures,
Retient les bien-faits à iamais.

Il eſt plein de reconnoiſſance,
D'elle il fait ſon plus grand deſir,
Et ne ſe ſert de ſa puiſſance
Que lors qu'il veut faire plaiſir.

En ſon eſprit brille vne pointe
Qui perce tout en vn moment,
Et l'on voit la preſence iointe
A la force du iugement.

Rien ne ſurpaſſe ſa ſcience,
Il ſçait tout ce qu'on peut ſçauoir,
Et poſſede vne experience
Qu'en vain on voudroit deceuoir.

S'il parle

S'il parle, il rauit tous les autres,
Et sçait par ses raisonnemens
Contraindre doucement les nôtres
D'estre de pareils sentimens.

Mesme il vse de sa victoire
Auec tant de ciuilité,
Que le plus hautain tient à gloire
D'en auoir esté surmonté.

Comme il a l'esprit admirable,
Il aime tous les beaux Esprits,
Et tel qu'vn Pere secourable,
Outre l'honneur leur donne vn prix.

C'est le saint Protecteur des Muses,
On le voit tout seul les cherir,
Et sans luy ces Nypmhes confuses
Ne pourroient à qui recourir.

Que personne donc ne s'étonne
Si ce Prince est si cher à tous,
Si tant de gloire l'enuironne,
Et si son destin est si doux.

Car quiconque aime ces Deesses
Est agreable à tous les Dieux;
Tous les Dieux luy font des largesses
De leurs dons les plus precieux.

P

O qu'ils auoient belle matiere,
Ayant d'eux ſi bien merité,
De luy donner pour ioye entiere
Cette chere Poſterité!

O quel bien! quel heureux preſage
A ce tendre & petit Enfant!
D'eſtre né d'vn Pere ſi ſage,
Si courtois & ſi triomfant.

Mais Dieux! que de bon-heur enſemble
Sa Mere eſt du Sang de BOVRBON,
Et dans ſa perſonne s'aſſemble
Tout le beau, l'honneſte & le bon.

Pour rendre ſa gloire eternelle,
Le Ciel & la Nature vnis
Voulurent faire voir en elle
Vn amas de dons infinis.

Nature la pourueut des charmes
Que l'obiet le plus rare ait eus;
Et le Ciel pour luy ſeruir d'armes,
Luy donna toutes les Vertus.

Elle eut ce grand eſprit du Pere,
Qui fait honte aux plus grands eſpris;
Elle eut les beautez de ſa Mere
Qui ſont & ſans nombre & ſans pris.

Jamais Princesse, iamais Dame
N'enferma de si grands Thresors,
Et iamais vne si belle ame
Ne logea dans vn si beau corps.

Qui peut assez loüer ses Freres,
Qui comme Pollux & Castor,
En leurs professions contraires
Se font tant admirer encor.

En l'Vn le Royal sang de France
Ioint au sang des MONTMORENCIS,
Produit des exploys de vaillance
Qui tous autres ont obscurcis.

Ny les Cesars ny les Achilles,
Si l'on les examine bien,
N'ont point subiugué plus de villes
Que l'incomparable ANGVIEN.

Il a couppé les nerfs d'Espagne
Par ses effroyables combas;
Il a deserté l'Allemagne,
Et mis ses plus braues à bas.

En l'Autre encor dans l'âge tendre,
Eclatte vn sçauoir inoüy
Que personne ne peut comprendre,
Et dont chacun est ébloüy.

La Nature & ſes dependances,
L'ordre qu'elle a touſiours tenu;
Et tous les Cieux & leurs cadences,
N'ont rien qui ne luy ſoit connu.

Encor eſt-ce peu de loüange,
Il penetre en bien plus haut lieu,
Et non moins doctement qu'vn Ange,
Il diſcourt & parle de Dieu.

Inſensé, i'oubliois Marie,
O Dieu! que m'euſt-on reproché!
Pardon, Princeſſe, ie vous prie,
Ie vais reparer mon peché.

Auoüons que iamais Princeſſe
Par de plus aimables accors,
N'euſt vne ſi grande ſageſſe,
Iointe aux graces d'vn ſi beau corps.

L'eſprit dont le Ciel l'a partie
Charme quiconque la connoiſt,
Et toutesfois ſa modeſtie,
En cache plus qu'il n'en paroiſt.

O! qu'heureuſe eſt la deſtinée
Du Prince à qui l'hymen vn iour,
D'vne perſonne ſi bien née,
Doit faire vn doux preſent d'amour.

Peut-il

Est-il dot aucune plus belle,
Et sçauroit-on desirer plus ?
L'obtenant, on épouse en elle
Toutes les plus rares vertus.

Tels de ce Fils qui vient de naistre
Sont ensemble tous les PARENS ;
Mesme font-ils encor parestre
Des merites beaucoup plus grands.

Qu'il ne prenne point pour exemple
D'autres actions que les leurs,
Il n'en peut trouuer vn plus ample
Pour le courage & pour les moeurs.

Mais de quel exemple, ò ma Muse,
Ce beau Prince aura-t'il besoin ?
Des-ia la Vertu s'est infuse
En son coeur, pour en auoir soin.

Outre qu'il descend d'vne race
Qui ne sçauroit iamais faillir,
Elle fera quitter la place
Au vice, s'il vient l'assaillir.

Elle conduira son courage,
Et reglera ses appetis,
Ainsi que Minerue la sage
Gouuernoit le Fils de Thetis.

Q

Vne bonace continuë
Maintiendra le repos chez luy,
Sans qu'il sente la moindre nüe
De douleur, de peine, ou d'ennuy.

Faut-il vne preuue plus claire
De tant d'heur que ie luy promets?
Il vient en vn temps ou son Pere
Est prest de nous donner la paix.

Sans doute exauçant nos requestes
Le Ciel l'eust fait naistre plutost,
S'il n'eust craint dans tant de tempestes
D'exposer vn si cher depost.

Maintenant il paroist en France
Comme vn Alcyon sur la Mer,
Pour nous donner vne asseurance
Que l'Europe se va calmer.

Ainsi de la Paix qu'on espere,
Cet Enfant est le Precurseur;
Et tous deux ayant mesme Pere,
Cette Paix doit estre sa Soeur.

Sus venez tost Soeur qu'on adore
Ioindre ce Frere nompareil;
D'où procede qu'apres l'Aurore
Tarde si long-temps le Soleil.

Nymphe venez en diligence
Nous enyurer de vos douceurs,
Faisant que l'Espagne & la France
S'entr'aiment aussi comme Soeurs.

Venez, non le fard au visage
Dont souuent vous trompez les yeux,
Car vous nous plairiez dauantage
De vous esloigner de ces lieux.

Mais telle qu'vne Vierge austere
Venez auec sincerité,
Et gardez que nul Temeraire
N'attente à vostre pureté.

Il faut qu'en vous la pudeur brille,
Et qu'à iamais logeant chez-nous,
Vous soyez vne chaste fille,
Et vostre Frere vn chaste époux.

Ie le preuoy Pere fertille
D'vn grand nombre d'Enfans diuers,
Par qui le nom de LONGVEVILLE
Refleurira dans l'Vniuers.

Et le Dieu des Vers qui m'inspire,
Me les fait voir si genereux,
Que pour accroistre cet Empire,
L'Europe sera peu pour eux.

Espagne éuite cet orage,
Hafte toy de faire la Paix,
Et lors, plus foumife & plus fage
Garde de l'enfreindre iamais.

F I N.

Ille Deûm vitam accipiet, diuifque videbit
Permiftos Heroas, & ipfe videbitur illis;
Pacatúmque reget patriis virtutibus orbem.

Virgilius *Ecloga* 4.

www.ingramcontent.com/pod-product-compliance
Ingram Content Group UK Ltd.
Pitfield, Milton Keynes, MK11 3LW, UK
UKHW020935120726
13693UKWH00003B/1348